KB264162

넌 생각하면 왜 비가 내릴까

박 인 혜 시인의 두 번째 시집

널 생각하면 왜 비가 내릴까

　지난번 「하늘을 바라보는 행복이 있습니다」에 이어 이번에 두 번째 시집을 출간하게 되었습니다.

　사실 이번 시집은 '한국에 나와 있는 동안 출간하는 것이 어떠냐?'라는 전규태 선생님의 권유에 따라 망설이다가 미국에 들어갈 시간이 임박해서야 또 한 번의 시집을 내기로 하였습니다.

　이번 시집에 작품해설을 써주신 전규태 선생님께 먼저 감사드립니다. 그것뿐만 아니라 표지화와 삽화까지 제공해 주셨습니다.

　그 그림들은 그 무엇보다 소중한 것이었습니다. 췌장암으로 3개월 선고를 받으신 교수님의 생명을 소생시켜준 그림이었습니다. 선고를 받고 난 후 교수님은 의사선생님 권유로 문인으로서뿐만 아니라 모든 것을 내려놓고 전 세계를 스케치하며 다니셨습니다. 특히 호주에 오래 거주하시면서 오직 그림만 그리시며 지내셨다고 합니다. 하얀 여백에 색으로 끊임없이 대상을 소생시킨 그림은 오히려 교수님에 육화되어 교수님의 몸을 소생시켜주었습니다. 죽음을 생명으로 전환하는 능력을 갖고 있는 그림이니 여느 그림과는 다른 것입니다.

　이러한 과정을 담고 있는 그림이기 때문에 몸이 불편하신 분들이 이 그림들을 감상만 하더라도 치료가 되는 위력을 발휘할 수도 있을 것으로 믿고 싶습니다.

시가 좋아 시를 쓰다 보니 자유시뿐만 아니라 시조, 동시 그리고 삼행으로 된 시를 여러 편 써놓은 것이 있어서 이번 시집에 수록하였습니다. 1, 2부는 자유시를, 3부는 시조를, 4부에는 삼행시와 동시로 구성하였습니다.

다음번 시집부터는 많은 편수의 시조가 들어가지 않을까 생각합니다. 전규태 선생님을 통해서 전통 가락의 맛을 알아 가고 있기에 더욱 현대시조를 배우고 시조시를 많이 쓰려고 하기 때문입니다.

또한 '聖民' 시리즈로 시를 계속 지어보고 싶기도 합니다. 현재 담긴 '聖民' 세 분의 모습은 존경하는 전규태 선생님과 삶이 아름다우신 김소엽 선생님 그리고 존경하는 이영인 목사님과 사모님의 모습을 그려보았습니다.

나는 시로써 세상을 이야기하고 싶고 시를 쓰며 마음을 다듬어 가고 있습니다.

무엇보다 시 때문에 좋은 분들을 많이 만나게 해주신 하나님에게 무한히 감사드립니다.

— 2012년 임진년 새해에

차 례

들어가는 말

1 그리움에 몸을 기대고

2 살아 있는 까닭

3 가락을 따라

4 새떼들의 가을 잔치

1

그리움에 몸을 기대고

눈이 오는 날

눈이 내린다
하늘 가득 세상 가득
세상의 온갖 요란함
하얗게 덮으며
순결하게 내리고 있다

공허하던 빈 마음이
포근한 눈으로 채워지고 있다

눈이 오는
아침 세상은 하얗다
내 마음도 하얗다
나뭇잎 벗은 나무의
눈꽃은 눈부시게 빛난다

눈이 오는 날은
밝아진 마음으로
누군가의 난로가 되어야지

눈에 보이던 길들이

눈 속에 사라져도
서로에게 열린 길을
함께 손잡고 걸어갈
그런 사람 되고 싶다

聖民 2

이제는
모든 것을 내려놓고
다른 사람의 손길만을
의지하고 있지만

고요히 앉아 있는 지금의 그대는
참으로 아름답습니다

없는 듯 앉아 있지만
분주한 세상
머리 복잡한 이야기로
고단한 시간,

그대의 맑은 침묵은
한 박자의 감미로운 여유를 줍니다

그리고 당신은
사람과 사람의 관계를
느슨하게 이어주고 있습니다

하아얀 침묵으로

눈 오는 밤

깊은 밤하늘
환하게 나리는
눈송이 타고

하아얀 종소리
가득한
눈 맞는 마을에서

멀리서 들려오는
그리움에
몸을 기댄다

작은 그리움들

작은 그리움이 있다는 것은
마음의 텃밭에
작은 꽃씨 하나 남기는 것이다

어릴 적
눈 내리는 교실
난로 위에 쌓아놓은
우리들의 도시락일 수도 있고

투박한 찻잔을 앞에 두고
친구와 듣던 음악이
작은 그리움이 되기도 한다

이른 봄에 홀로 핀 들꽃 한 송이가,
내가 날마다 거닐던 골목길 가로등이
작은 그리움으로 남겨질 수도 있다

바쁜 일, 바쁜 생각을 잠시 멈추게 하고
생각나는 그리고 그로 인해
잔잔한 평안히 밀려온다면

그것은 작은 그리움이다

우리가 살아가면서
그런 그리움들을 많이 만들자
바쁜 하루하루지만
잠시 멈추고

마음 한쪽 모퉁이에
여유의 텃밭을 만들어
아름다운 작은 그리움의 꽃씨를 심자

길

길 따라왔는데

아닌 길이 더 많구나

그래도

또다시

길 따라 가 보자

숲 속 작은 꽃에게

별을 바라보아라

산속 이름 없는 꽃이라고
누가 그러더냐

우주 넘어 작은 별 하나
몇십몇백 광년을

쉼도 없이
너를 위해 달려왔다

야간 산행

세상이 어둠에 잠기는 시간
도시의 건너편 숲 속
하루의 소리 가만가만 벗으며
산에 오르면

나무들의 묵상 소리 따라
눈으로 들리는 별들의 이야기
새롭게 깨어나는
속삭임이다

해후

사람의 일이야 누가 알랴마는
흐릿한 기억 하나 잡고
살아온 세월

마주 선 앞에서
손을 펼쳐보았을 때

어느 것이 틀렸다 하겠는가

내 기억인가?
내 눈인가?

어두운 마음에

어두운 마음에
달빛이 비치네

하아얀 찔레꽃
하늘로 피어오르는
물안개에 가슴을 풀고

아래로만 아프게 흐르던 물결
별 그림자 위로
강물 소리 아름다워라

모닥불처럼
달빛이 비치네

거룩한 기행

구름의
광야 묵상
새 하늘 열고

주님의 사랑 쫓는
거룩한 기행

무언의 말씀 쌓아올린
돌 성전 아래

파도도
손 모아
하아얀 기도

차가 있는 풍경

푸르른 향기로
만든 열쇠
투명한 여백을 연다

시간에 누운
풀숲 그늘 의자

맑은 바람 맴도는
오아시스 하나

마음

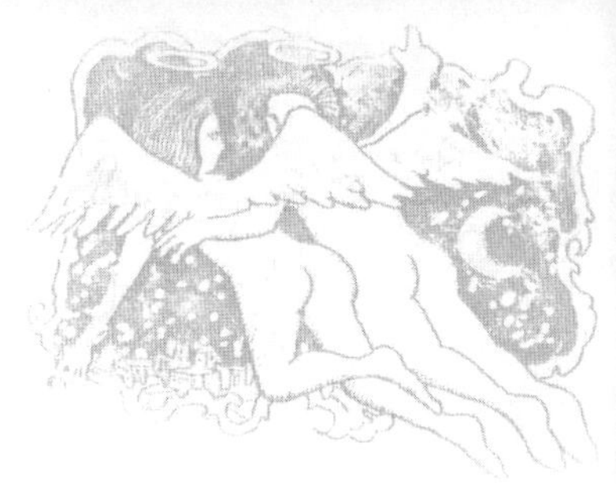

깊은 겨울

호수로 남아

푸른 별 하나

비추고 싶다

차 사랑

세상 한가운데 있는

그곳에 가면

주인의 성품 닮은

따뜻한 차와

아름다운 친구들이 있다

보이차 사랑

차 향기가 사람들을 불렀다
따뜻한 마음으로
넉넉한 마음으로

심심 산속 아득한 곳에
수백 년의 시간을 침묵하던
보이차 나무가
묵상의 향기 전하려

조용조용
나직나직
우리에게로 흘러들어왔다

널 생각하면 왜 비가 내릴까

비 내리던 북한산
한 능선 끝에 있던 찻집에서
빗줄기처럼 쏟아내던 네 얘기 듣고 있었지

진지하고 뜨겁게 말하던 네게 빠져들던
내 표정은 봉오리 터트리고
막 피어오르는 목련꽃 같았지

네 말꼬리가 오뉴월 엿가락처럼 늘어지던
그날도 비는 하염없이 내리고
너를 바라보던 내 몰골은 왜 그렇게 추했는지

이제 돌아오지 않는 너를 생각하는
내 얼굴 뒤로 새 한 마리 날아가는 까닭은
비는 또 왜 추적추적 내리는지

사랑의 언어

작은 나의 책상에 앉아
사랑의 언어를 읽는다

어둡던 눈물이
보석이 된다

강퍅했던 마음이
포근해지고

잔잔한 평온이 밀려온다

달빛 따라

창가에 드리운 달빛 따라
내 마음도 가보자

휘어 자란 소나무 위 달빛은
고고하게 투명으로 피어나고

강물은 쉬임 없는 길로
달빛 악기를 타며 흘러가고 있다

빛바랜 이름 모를 꽃잎 위에도
달빛이 환하게 다가와 앉는다

달빛 스민 찻잔은
차 향기가 더욱 아름답다

빈 밤에

기댈 것 없는 밤이 다가오니
내 마음 아파진다
잡으려고 해도 잡히지 않는 밤이다

어디다 눈을 두어야 하나
어디다 마음을 두어야 하나

밀물처럼 밀려오는 황망함의 물 더미가
썰물처럼 밀려 나가는 황량함의 빈 밤이
고통과 두려움으로 남는다

사람과 사람

가까이 있는 사람일수록
많은 단점을 가지고 있습니다

왜냐구요?

사람은 누구나 단점을 가지고 있고
가까이 있기에
단점이 너무 잘 보이기 때문입니다

너와 내가 만나
나의 세상이 되었습니다
나의 인생이 만들어집니다

당신이 나를 아프게 했고
당신이 나를 행복하게 했습니다
그런 당신을 위해 기도한다면

우리 인생에
작은 미소와 평안히 늘 함께할 것입니다

봉안당에서

– 아버님을 뵙고 와서

봉안당에 모셔지는
유골들은
나이와 상관없이
남녀 구별도 없이
봉안당에 모셔진다

봉안당에 찾아온 손님들도
언제 그곳에 들어갈지 모른다

이 세상을 살면서
힘들게 이루어 놓은 업적들은
그리고 살아온 수많은 흔적은
이곳에는 없다
마치 도적이 가져간 듯 흔적조차 없다

우리 하루하루 삶은
하나님의 영광을 위해 살아야 한다

나무

이 세상에서 가장 오래 사는 것이 뭔지 아니?
나무
이 세상에서 제일 많은 것이 뭔지 아니?
나무
어디나 있는 것이 뭔지 안니?
나무

나무는 우리의 친구다
오랜 세월
우리 곁에서
그리고
저 땅끝에 서서도
변함없이
우리를 향해있다

우리 엄마

오랜만에
만난 우리 엄마
진짜 할머니다
볼 때마다 어색해서
다시 쳐다본다

헤어져
돌아오는 길
길가는 할머니들
모두 엄마 같아
다시 쳐다본다

책 중에

책 중에
나를 가장 많이 닮은 책이 있다
시집이다

시집만 보면
사랑하는 애인을 만난 듯
오랜 친구를 만난 듯
가슴이 두근거리고 따뜻해져 온다
그리고 편안해진다

반갑다 시집아

사랑에 대하여

사랑하고 싶다면
마음을 주기 전에
단점부터 볼 수 있어야 합니다
단점을 사랑할 수 있다면
진실한 사랑이 시작됩니다

언제까지나 사랑하고 싶다면
먼저 자신을 사랑할 수 있어야 합니다
그리고 나서
사랑을 받기보다는
사랑을 주어야 합니다

차를 마십니다

차를 마십니다

다리어지는 차를 보며 마시고
차 향기로 마십니다

혀끝을 통해
내게 들어온 차는
생각을 타고 돌다
닫혔던 마음을 열어주고
서로의 마음 또한 이어줍니다

차로
가득 채운 방은
평안함과 따뜻함이 있습니다

소낙비

고놈의 작은 빗줄기가
세상을 향해 내리꽂는다

예고도 없이
어찌 그리 급하게
머리를 박아대는지

혼비백산
나뭇잎도 놀래 팔락거리고
사람들도 이리저리 뛴다

끝

언제 그랬냐는 듯
금세
평온히 다시 찾아온다.

다가서고 싶다면

다가서고 싶다고
언제나 다가설 수 있는 것은 아닙니다

때로는 마음을 내려놓고
가만히 있을 때
더 가까이 다가설 수 있습니다

모든 것을 다 얻을 수는 없습니다
하나를 얻으면
하나는 포기해야 합니다

하나를 얻기 위해
때로는 두 개의 싫은 것을
받아들여야 합니다

빨간 장미

그대 몸에 흐르는
따뜻한 피로
피어났다

그대의 피 다 쏟은
순결한 땅에서
다시 피어난 것이다

그대의 핏빛
아름다운 사랑을
지키기 위해

날마다
가시로 단장하고
하늘을 바라본다

주님의 종을 위한 노래

젊은 날.
죽음의 문턱에서
하나님을 부르짖었던 주님의 종

죽는 날까지
그렇게 하나님을 부르짖으라고
죽음의 문턱에서
구해주시고 구원해 주셨습니다

그것이 종을 향한
하나님의 거룩한 사랑이기에

춥고 배고팠던 천막교회 시절,
그 후, 끊임없이 들려오는 비난의 소리,
이제는, 모든 것을 내려놓으려 했는데
알 수 없는 것들이
계속 손발을, 온몸을 휘감고
고통을 주는 것도
종을 향한 하나님의 크신 사랑입니다

먼 훗날 천국에서
하나님이 크신 상을 주시려고
예수님의 십자가 크신 사랑을
종을 통해 우리에게 보이시려고

죽는 날까지
그렇게 부르짖으라는
하나님의 애틋한 사랑입니다

날마다 새벽기도

날마다 새벽기도
언제나
기대되는 그 자리

오늘은
어떻게 위로하여 주실까
무엇을 회개하라 하실까
어떻게 새로운 하루를 열라 하실까

평안을 주시고
이렇게 사랑한다
자세히 일러주시며

나를 기다리시는
새벽기도 그 자리

퇴근길

해가 넘어가는 자리마다
작은 불빛들로 다시 태어난다

등 굽은 가로등 아래
자동차들이 출렁이며
힘겨운 빛의 파도를 만들고

어둠이 짙어질수록
집집마다 따스히 밝혀지는
불빛 불빛들

사람들의 움직임도
작은 빛 속에 있다

해가 사라지자
나도
그 빛 속으로 들어왔다

2

살아 있는 까닭

허드슨 강 다리를 걸으며
- 노동절 날

거대한 강이 누워 있다

복잡한 도시 한가운데
하늘을 바라보며
평안히 누워 쉬고 있다

사람들은
그런 강이 부러워 몰려든다

그런 강을 닮고 싶어
강 위에 배를 띄우기도 하고
옆에 다가가 만져도 본다

심지어
바라보는 것만으로도 즐거워
온종일 곁에 앉아 행복해한다

풀잎이 흔들린다

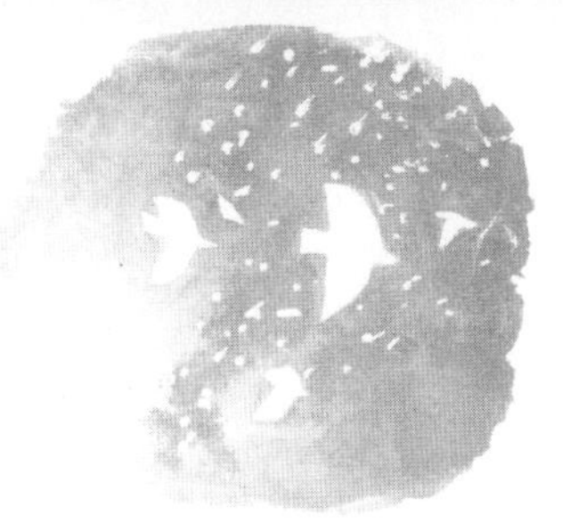

풀잎이 흔들린다
작은 미풍에도 흔들린다

모진 바람 불면 바닥까지 눕고
빗줄기 아프게 두드리면
엎드려 울다가도

다시 일어나
햇빛에 기대어 하늘을 본다

바람은 언제나 분다
비는 내려야 한다
풀잎도 꺾이지 않고
흔들릴 뿐이다

숲 속 호수

새파란 하늘가 저편
침묵의 봉우리들
둘러앉은 신록의 숲 속
하늘 물도 내려와
쉬어가는 호수에

눈 부신 햇살 속
상큼한 투명바람
한가득 휘돌아 불어
잔잔한 물결 일으키면

침묵의 시간에 갇혀
굳어진 바위 흔들어 깨우고
조롱조롱 맑은 물소리
빈곤한 가슴 속 상흔
어루만져준다

살아 있는 까닭

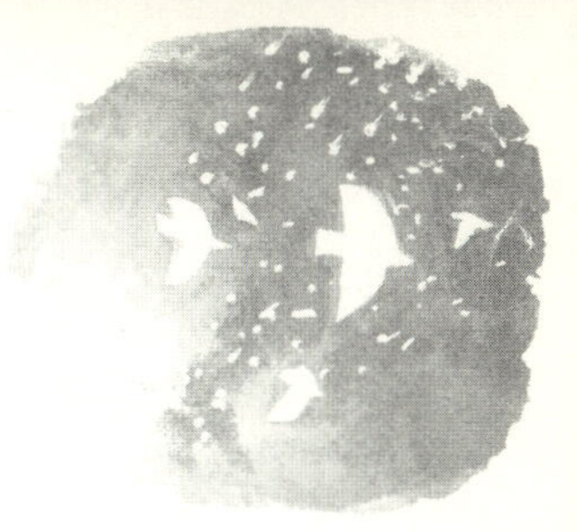

우리가 살아 있음은
밤하늘의 별빛이
내 가슴에
아프게 꽂힐 때입니다

사막에 섰던 나무
하늘만 쳐다보고

뿌리는
더 깊은 심연(深淵) 속으로
잠기어 갈 때

훌쩍 징검다리를 뛰어넘어
뒤를 돌아다보며
미소를 지을 때입니다.

가을의 문턱에서

뜨겁게 달구어진 대지 위로
서늘한 바람 불어오고
휘몰아친 여울목 지난
가을의 문턱에 서서
차 한 잔 마셔본다

차 한 잔의 여유로
하늘을 바라보니
달빛이 아름답고
바람에 날리는 꽃향기에도
행복하다

촛불 사랑

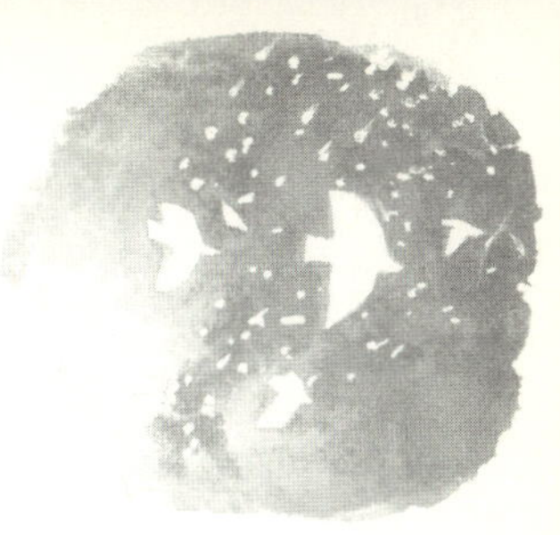

굳게
사랑의 줄 하나
잡고 있다

임의
키스에

나는
사라지고
빛으로 가득하다

당신은

당신은
어두운 바닷가에
경쾌한 파문을 만들며 다가오는
푸른 별입니다

당신은
무더운 여름 힘겹게 버텨오던 나뭇잎을 위해
화려한 옷으로 갈아입히며
시원한 바람을 만들어 주는
가을입니다

당신은
시원한 파도소리를 내느라
피곤했던 바닷가에
은은히 들려오는
피리 소리입니다

당신은
악몽에 시달리는 나에게
단꿈을 실어다가 주는

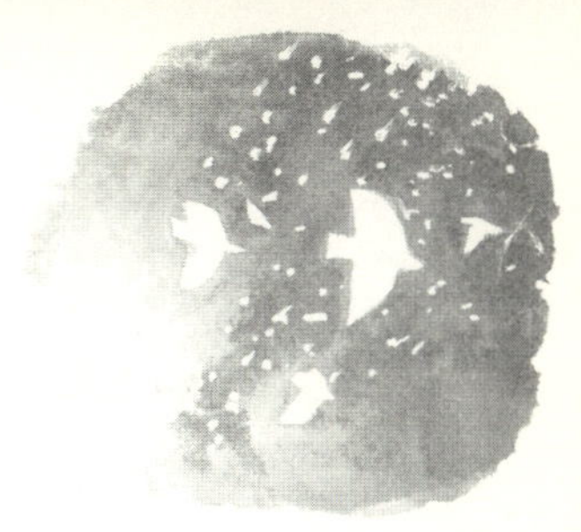

달빛입니다

당신은
오아시스 옆에 그늘을 만들어 주는
푸른 잎 넓은
나무입니다

당신은
내 귀에 흐르는
아름다운 선율과도 같습니다

당신은
어느 보석보다 화려하고
어느 꽃보다도 아름답습니다

얼음꽃

깊은 겨울
한 자락 푸른 하늘을
볼에 비비며

나뭇가지에
살포시 피어난 꽃송이들

추울수록
더욱 아름답게
빛나는구나

한 줄기 햇살에
환한 미소로 화답하며

매운 바람결에
단단히 자신을 다독이며
고독이 좋은

따스한 바람 다가오면
나는 얼음꽃이라

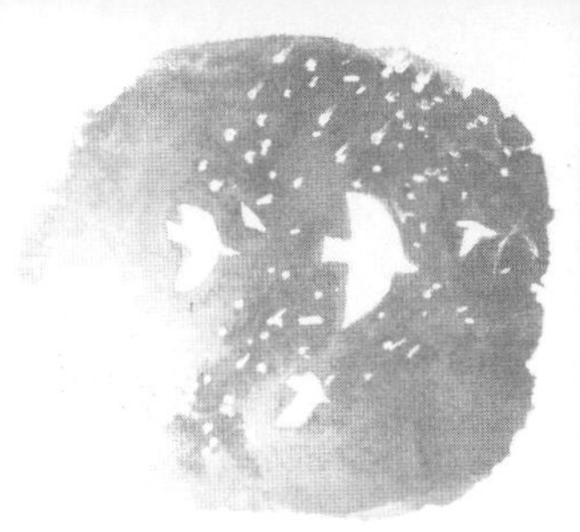

소리하는

아, 저 하늘가
본 기슭 아름다운 모습으로
다시 피어날 나의 영혼의 꽃이어라

겨울에 핀 작은 꽃

깊은 겨울 찬바람에
고개 숙여 피어 있는
어여쁜 작은 꽃아

너무 추워
꽃잎조차 열지 못하고
땅만 바라보고 있구나

지난번 내린 눈에
너를 보지 못했다만
어젯밤 내린 비로
이제야 보이는 네 모습

차라리 차가운 눈 속에
있었더라면
짓궂은 찬바람에
떨어질 듯 달랑달랑
하아얀 꽃봉오리

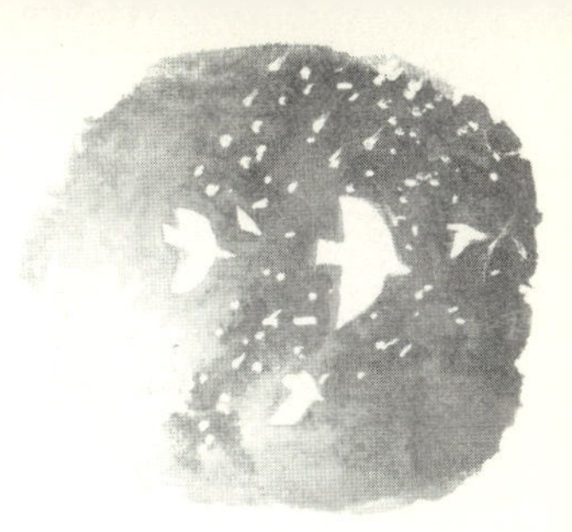

무엇이 그리워
깊고 추운 겨울
홀로 피어 있니

연경회[*]

세상을 배우기 전
우리만의 세계가 있었지
책을 보고 이야기하며

어려웠던 시절이라지만
나를 디자인하며
세상을 향해 꿈을 꾸었지

그때 우리는 만났지
달리는 기차에서 캠퍼스에서
선배로 후배로 그리고 친구로

그리고 오늘도 만났네
강산이 세 번이나 바뀌어 가는데도

우리가 만나면
삼십여 년의 세월 싹둑 잘리고
학창시절로 돌아가지

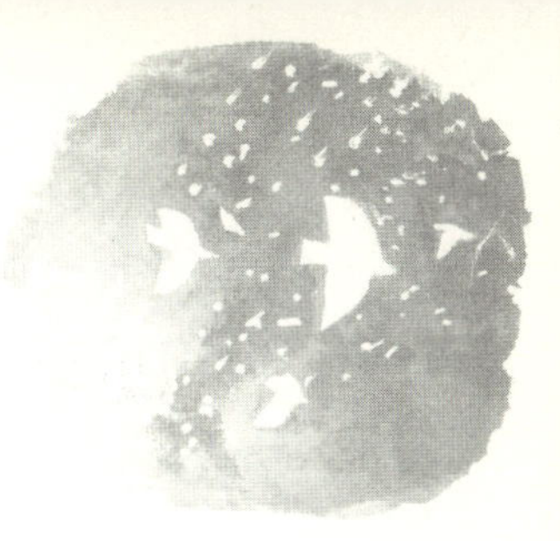

머리가 허예져도
세상 한가운데 서서도
세월을 지우는 경의선에 올라타고
또다시 만나네

그 시절
세상을 향해 달리던 경의선은
이제는
우리를 향해 달리는 경의선이 되었네

세월과 공간을 넘는
연경회 경의선 열차

*) 연세대 경의선 통학 학생회

나만의 공간

주방에서 이어지는 지하실에 작은 내 서재를
꾸몄다

어둡고 축축한 곳이기에
예쁜 꽃들을 꽂아두고
그림을 걸어
아늑한 분위기를 만들었다

그래도 어설픈 공간
하지만 그것이 더 정감을 준다
나는 그곳에 앉을 때마다 촛불을 밝힌다

촛불의 빛은 신비한 힘이 있어
조금은 문명의 그림자를 지워주고
아늑함을 만들며
촛불의 살랑 됨이 작을 미소를 짓게 한다

그곳에 앉으면 너무도 평안하다
세상의 모든 소리가 사라지고
근심도 사라지고

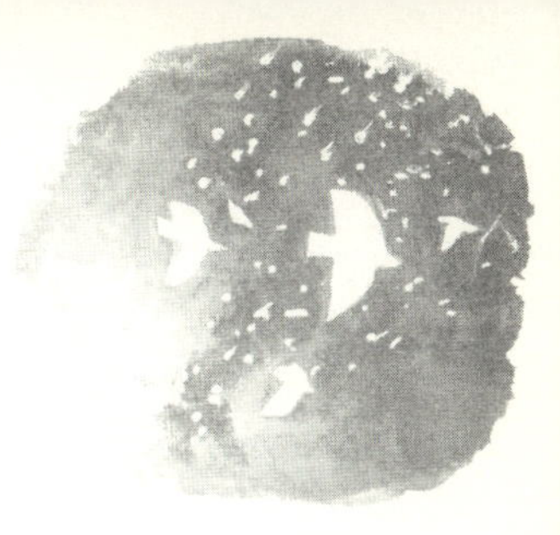

평안히 나를 돌아보게 한다

허름한 공간 속
자그마한 서재
그곳은 빛나는 촛불
나의 안식처다

푸른 달

텅 빈 바다에
바람 한 줄기 붑니다

흔적도 없이 와서
자취도 없이
사라져 가는 바람

그래도
그 바람 쫓다
예쁜 달님 만났습니다

달님의
따뜻한 미소
내 안에 들어와
푸른 달 되었습니다

만남

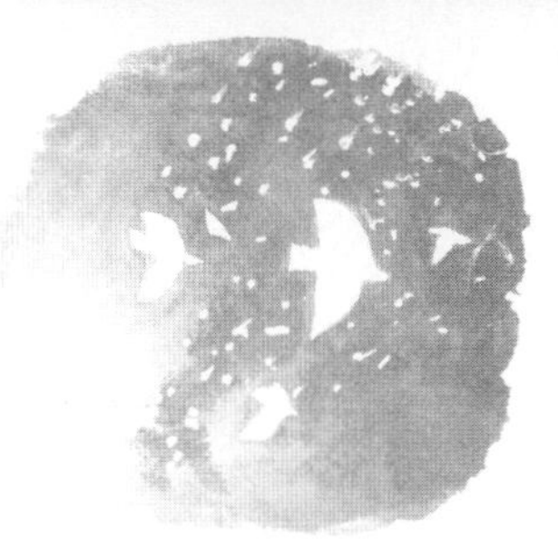

좋은 사람들과의
만남은

마음에
맑은 바람 불어와

꽃씨 하나
싹 틔우는 일이다

도시의 오후

넘어가는 해는
그림자 길게 만들어
북적거리는 도로 위로 눕는다

아쉬움일까?
지는 해가
빌딩의 유리창에
유난히 번쩍거리고

빛을 토하며
핏빛으로 물들이는
도시의 오후는
쓸쓸하게 아름답다

황혼의 시간

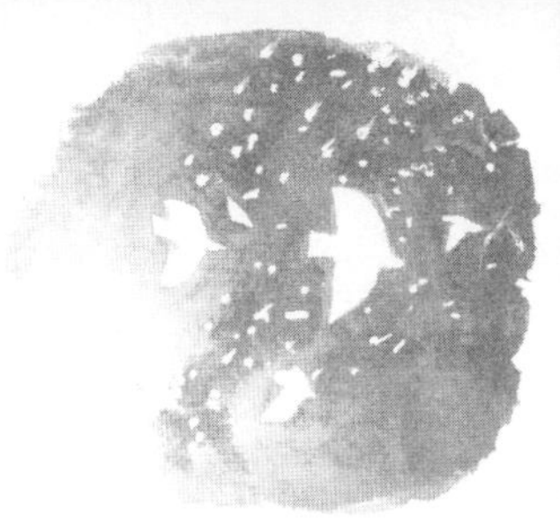

황혼의 긴 그림자
가을 강가에
곱게 물들이며 번지어 간다

하루의 사연
붉은 노을에 그리며
구름 산맥을 따라 흘러가고 있다

광야에 흔들리는 나뭇가지
노을빛으로 물들이며
한 편의 시가 되어

그대 창가에 그리면서
시인의 노래 따라
빛나고 있다

겨울나무와 달

깊은 밤
나뭇잎 벗은
가지,
허공을 저을 때

맑은 미소
따스히 머금은
달빛,
가지로 스민다

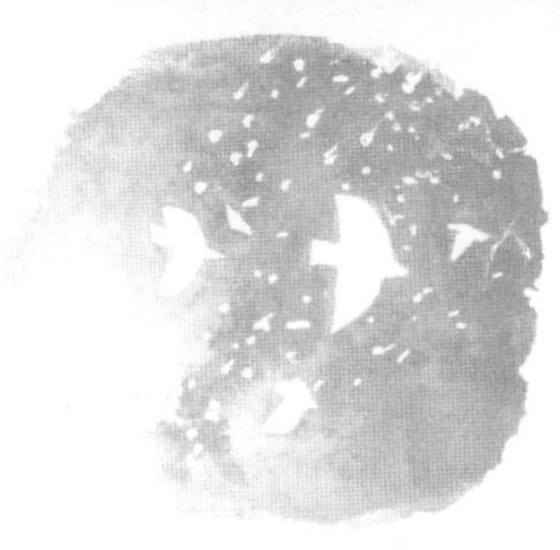

외로울 땐

외로울 땐
바다에 나가
배 하나 띄워보세요

넓은 바다 푸른 물결
텅 빈 가슴
가득 채워주고

시원히 부는 바람
외로움의 흔적조차
말갛게 지워주며

멈춘 마음
파도 소리가
흔들어 깨워준답니다

고속도로 위에서

- 새벽기도 마치고

새벽,
고속도로 위의
어둠이 사라지면
안개에 묻힌 세상
모습을 드러낸다

달리는 고속도로 위로
태양이 떠오르면
구름은 빛을 따라 저 멀리 흐르고
햇살 속으로 안개는 스며든다

고속도로 위에서
새 하늘을 마셔본다
달리는 차들은 점점 늘어가고
도로 위는 활기를 더해간다

쟁쟁해 진 햇살
내 얼굴에 내리꽂는다
그리고 세상은
태양 아래 번쩍이고 있다

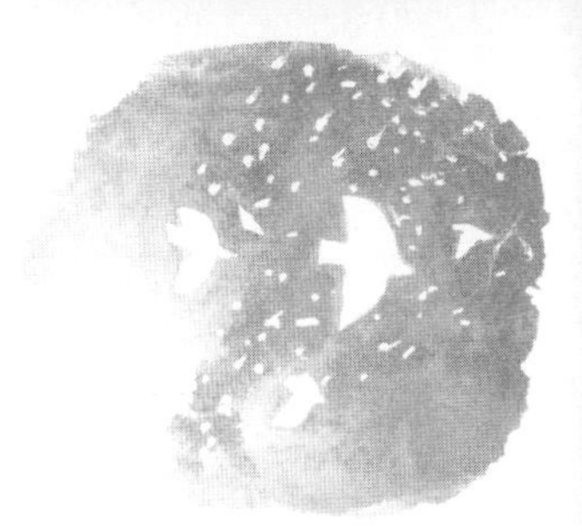

이젠
고속도로는
새로 열린 하늘 아래 있다

내 마음도 새롭게 달린다

어느 환자의 기도

나의 몸은 움직일 수가 없습니다.
침대 밖으로 나온다는 것은 상상조차 못합니다.
걸어 다니는 환자가 부럽습니다.
치료받는 자가 아닌 치료하는 자가 된다면
이 세상 그 누구보다도 행복할 것 같습니다.
나의 몸은 썩어가고 있습니다
사람들의 모습이 어렴풋이 보입니다
수군거리기도 하고 울기도 합니다

난 들을 수는 있습니다
생각할 수도 있습니다

주님! 저를 왜 세상에 보내셨습니까?
왜! 저에게 생명을 주셨습니까?
바다의 물고기 산의 새가 부럽습니다
하찮은 미물 쥐라도 부럽습니다
당신은 저를 만물의 영장인 인간으로 만들어
주셨습니다
하지만 싫습니다
그러기에 싫은 것입니다

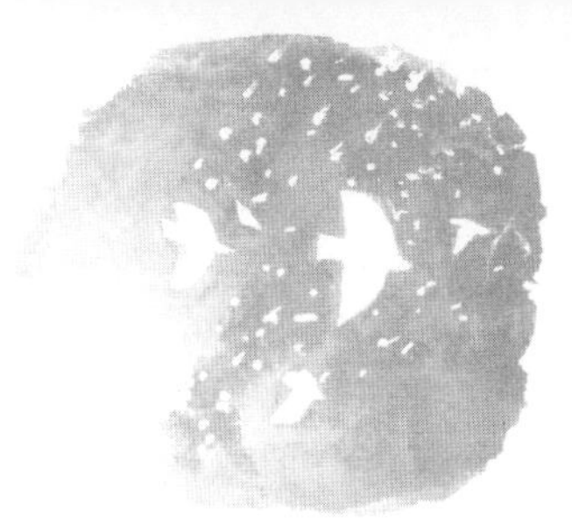

생각하고 들을 수 있기 때문입니다

하나님은 공평하신 하나님이라 말합니다
하지만 그것이 믿어지지 않습니다
당신의 불공평을 봅니다
어떤 사람은 날 치료한다고 합니다
그들은 멀쩡하여 날 치료한다고 합니다
참을 수가 없습니다
정말로 당신이 밉습니다

주님!
전 어느 날 당신을 알았고 당신의 축복을 생
각해 왔습니다
당신을 알게 된 것을 큰 은혜라 생각했습니다
하지만 당신을 알았기에 나의 고통은 지금 더
욱 심합니다
하지만 전 좌절하고 싶지 않습니다 슬퍼하고
싶지 않습니다

지구에 많은 사람 중 나의 처지를 알고 있는

사람이 과연 몇 명이나 되겠습니까?

나의 아픔을 진실로 동감해 줄 사람이 몇 명이나 되겠습니까?

내 가까이 있는 사람들조차 사실 잘 알지 못합니다

그들은 나를 보고 다행이고 행복하다고 생각하지도 않습니다

그들은 또 다른 자기 고민 속에 빠져 있습니다

밝은 빛이 점점 더 가까이 다가오고 있습니다

하얀 옷들이 내 주위를 왔다갔다합니다

생명의 시간이 나의 생명의 시간이 얼마 남지 않음을 압니다

그들이 그렇게 말했습니다

하지만 단 몇 초일지도 모를 나의 이 순간을 너무도 사랑합니다 가장 사랑합니다

내 생애 속에서 이보다 더 진실해 보지는 못했습니다

나의 육신의 고통 속에서 그들을 보았을 때

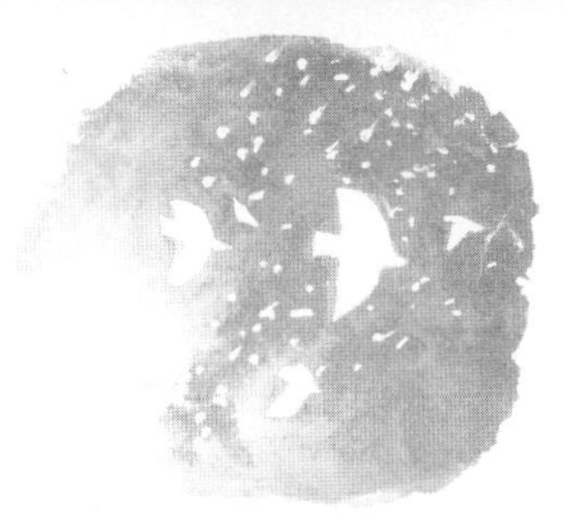

치료자인 그들이 너무 부러웠습니다
하지만 난 더 큰 치료자입니다
난 나 자신을 승화시켰고 그것을 하나님께 감
사드립니다
그들에게 하나님의 사랑의 빛이

김장 김치[*]

1

농부의 손길 닮은 잘생긴 김장 배추
앞마당 한가운데 산만큼 쌓아두고
먼동이 트자마자 온 식구 동원해서
우물물 퍼올리고 펌프물 퍼올려서
찬물에 손 담그며 배추 씻고 소금절이고
밤새워 마주앉아 무채 썰고 마늘 까고

2

김장하는 날이다 김장하는 날이다
아이들도 신 나고 강아지도 신 난다
이웃집 아주머님들 정답게 둘러앉아
동네방네 이야기로 한 바퀴 돌고 와서
노오란 배춧속에 버무린 김장 속 싸서
너도 먹고 나도 먹고 김장식구 신명 난다

3

독마다 가득가득 푸짐한 김장김치
이 집 주고 저 집 주고 고모 주고 이모 주고
한겨울도 따뜻한 우리네 김장 인심

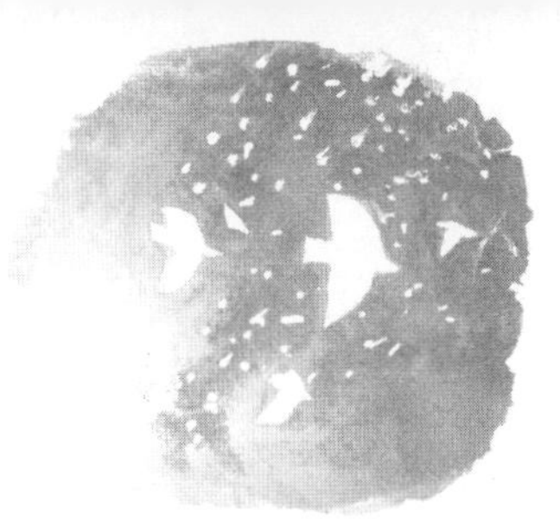

국 끓이고 전 부치고 온갖 요리 만들어서
겨우내 상 위에 단골손님 김장김치
몸과 마음 지켜주는 건강김치 김장김치

*) 제7회 내 마음의 노래 창작가곡 가사.

다른 사람의 관점이 된다는 것

우리는 살아가면서
많은 사람과의 갈등 속에서 살아간다
상처를 주기도 하고, 받기도 하며……

난 중고등, 대학교를 경의선을 타고 통학을
했었다
기차에 앉을 자리를 찾아 이 칸에서 저 칸으
로 옮겨 가다가
혹은 시원한 바람을 맞기 위해
기차와 기차 사이를 연결된 부분에 서 있던
적이 가끔 있었다

그때마다 느끼는 것이
내가 서 있는 기차 칸에서 연결된 다른 기차
를 보게 되면
심하게 흔들리며 요동하는 것이다
내가 발을 딛고 서 있는 기차 칸은 전혀 움직
임이 없는데
연결된 상대방의 기차만이 심하게 흔들렸다.

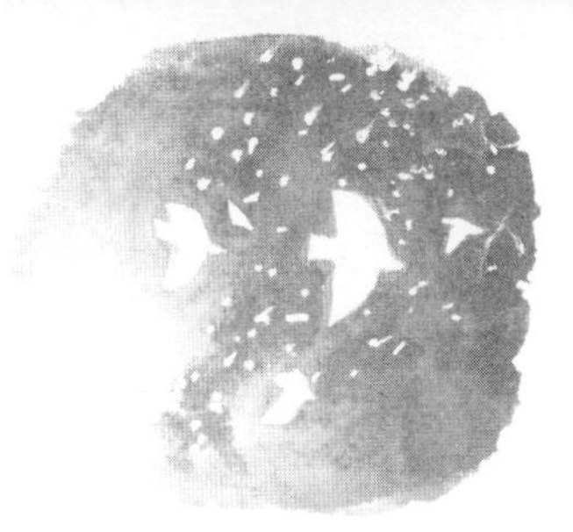

심하게 요동치는 칸으로 옮겨
내가 서 있던 기차 칸을 바라본다
이번에는 내가 서 있던 기차 칸이 심하게 흔
들리는 것이다
그렇게 심하게 흔들리던 기차 칸은 나와 더불
어 전혀 요동치지 않는다

그것이 신기해 몇 번이고 왔다 갔다 해도
여전히 내가 발 딛고 선 기차 칸은 전혀 움직
임이 없고
연결된 다른 기차 칸만이 심하게 요동치는 것
이다

오늘 사람들과의 갈등이 유난히 많았다
아무리 이해하려고 해도
처지를 바꾸어 생각하려고 해도 도저히 이해
가 되지 않았다
그것이 바로 이런 편견에서 오는 것이 아닐
까?

이삿짐

이삿짐을 쌀 때마다
언제나 내 삶을 되돌아 보게 해준다

아직은 한 달이나 남았지만 폐품을 버리는 것
이 두 주에 한 번이기에
지금부터 꼭 필요없는 것은 정리해서 버려야
한다

이삿짐을 쌀 때의 느낌은 언제나 다르다
내가 살아온 흔적들이 세월 따라 다르기 때문이다

그 옛날에는
이사할 때 장난감을 많이 버렸는데
이제는 대학을 가기에 중고등학교 때 쓴 책들
을 버려야 한다
손때 묻은 가구, 주방기구들, 책……
그렇게 소중했던 것이었는데
이제는 어쩔 수 없이 버려야 할 때는
왠지 내 분신을 버리는 느낌이 들어 서글퍼지
기까지 한다

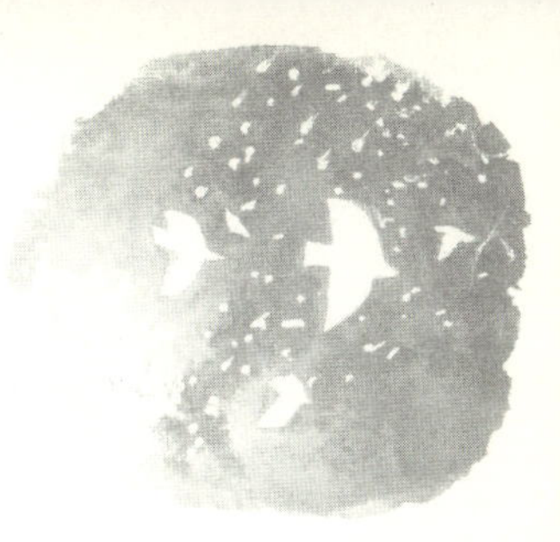

내 삶을 도와주었던 물건물건들
나를 떠나야 하는 것도 있고
새로운 장소에서 새로운 기분으로 만나야 하
는 것도 있다

나와 함께한 나의 집 나의 물건들
그것들은 나의 좋은 벗이다

옛날 노래가 좋은 이유

옛날 노래가 좋은 이유는 노래를 들으면 그 당시가 생각나기 때문이다

어느 카페에 갔다가 익숙한 노래 한 곡을 듣게 되었다

그 노래는 추억 속으로 나를 끌고 가고 있었다

학창시절, 강화도에 실습을 갔을 때 일이었다

시골집을 주소 하나만 가지고 찾아가서 가족들의 건강 검진과 집안의 위생상태를 파악해서 교육하는 실습이었다

하루는 부지런히 실습을 끝내고 한 친구와 강화도의 이곳저곳을 돌아다니다가

저녁노을이 질 무렵 강화도의 해변을 걷고 있었다

높은 산과 바다 사이에 난 작을 길이 있는 아름다운 곳이었던 것 같다

차도 뜸하고 발길도 뜸하여지자

붉게 물든 저녁노을이 금세라도 서쪽으로 넘어갈까 걱정이 돼서

그리고 버스 정류장까지의 거리는 너무 멀었기에

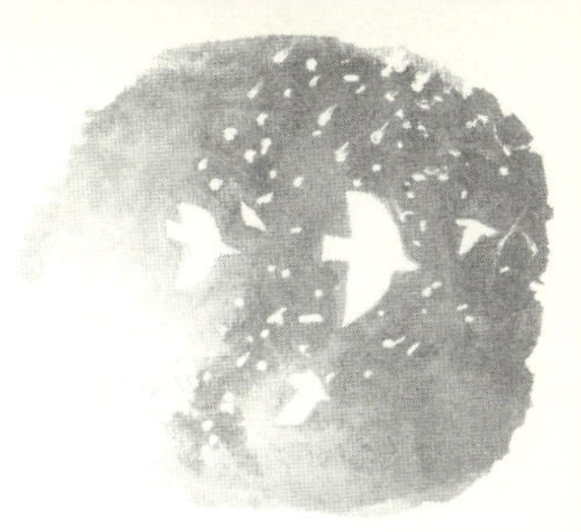

아름다운 해변은 눈에 들어오지도 않았고 부지런히 정류장을 향해 바쁘게 걸어갔었다

그런데 지금 이 음악을 들으면서

그 시간 그곳의 아름다운 정경이 생각이 나는 것이다.

그 당시 눈에 들어오지 않았던 그곳이 아름답게 느껴지면서 생각나는 것이다

노래를 부르던 가수 이야기를 했었기 때문일까?

아니면 같이 그 노래를 불렀었나?

그 당시 상황이 어떠했는지 잘 생각이 나지 않지만

이 노래를 들으면서 그 시절 그 장면이 생각이 난다

그 친구와 연락이 끊어진 지도 어언 30여 년

멀리서나마 그 친구는 이 미국으로 유학을 왔다가

남편을 만나 유학생활을 접고 한국으로 다시 돌아갔다는 이야기만 들릴 뿐…….

지금 카페에 앉아 옛날 노래를 들으면서 그 친구가 보고 싶어진다

그리고 그 시절이 그리워진다.

옛날의 금잔디

옛날 일산,
내가 살던 곳에 사일 장이 설 때면, 우시장이
같이 열렸다.
또한, 장날이면 약장수들 장에 나와 공연을
하면 얼마나 신이 났던지

넓은 들판, 아니 지금 생각하니 우시장 옆 작
은 논이다
내가 초등학교 1학년 때인가?
처음으로 엄마가 한복을 내게 지어주셨을 때
그 옷 입고 시장 옆 작은 논두렁에 나가 신
나게 메뚜기 잡았었다

3학년이 되어서
한복이 껑충 다리 위, 팔목 위까지 올라와도
상관없이 명절이면 한복 입고
여전히 메뚜기며 개구리를 잡으러 다녔었다

어느덧 세월이 흘러
일산에 백마부대가 들어오더니 그 작은 논은

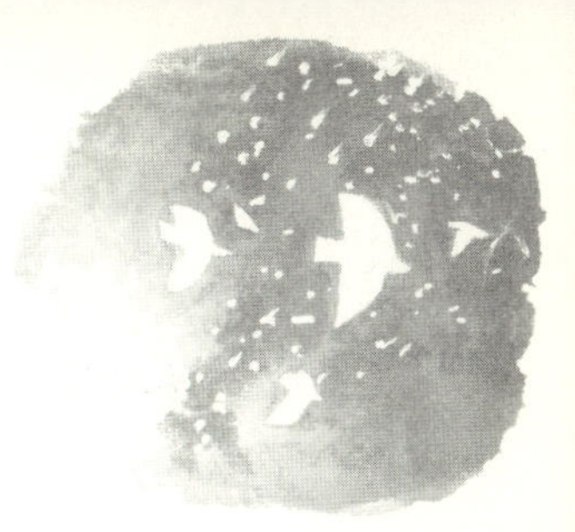

흔적도 없이 사라지고
듬성듬성 술집이 들어서기 시작했고

또다시
일산에 신도시 들어서더니
예전에 흔적은 찾아보기조차 힘들어졌다

지금은 일산시장 옆이 논이었음을
기억하는 사람이 있는가?
그때 그곳에 같이 놀던 동무들,
그들은 기억하려나?

미국의 공동묘지 1

미국의 공동묘지는 한국의 공동묘지와는 분위기가 많이 다르다.

우리나라의 공동묘지는 사람이 사는 곳에서 떨어진 한적한 곳에 있으며

밤에 혼자 그곳에 간다 생각하면 아니 낮에라도 혼자서 간다면 무척 무서울 것이다.

미국이 워낙 넓어 다른 곳은 어떤지 모르지만 내가 사는 곳에는 동네 한가운데 공동묘지가 있다.

묘지 옆에 주택들이 있고, 상가들이 있고 공동묘지 옆이라고 집값이 더 싸지도 않는 것 같다.

우리 동네 공동묘지는 출퇴근 시간과 학교 등하교 시간이 겹치게 되면 많은 차가 밀리게 되는 복잡한 사거리에 있다.

미국은 무덤 모양은 없고 단지 비석만이 위로 나와 있기에 비석의 글씨들이 눈에 잘 들어온다.

비석에는 어김없이 그 사람의 태어난 날짜와 죽은 날짜가 쓰여있고 이름이 쓰여있다.

100년도 넘은 어느 비석,

비바람에 오랫동안 씻기었을 듯한 자국이 그 햇수만큼 그대로 묻어나고 있고

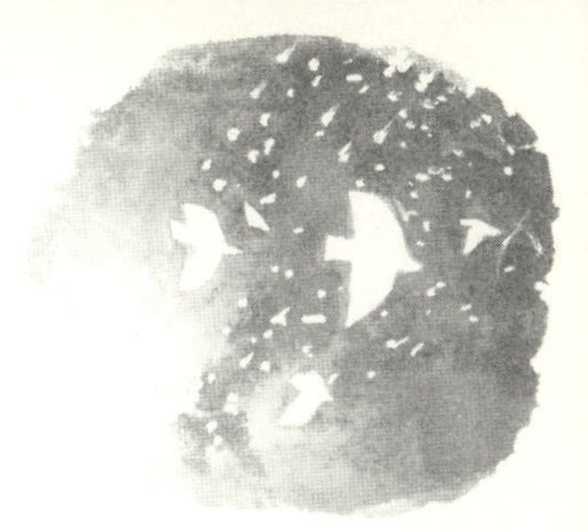

　깨끗이 단장된 비석에서는 최근에 세워진 비석임을 그곳에 씌워진 연도를 보지 않아도 금세 알 수 있다.

　시간을 초월해 나란히 서 있는 비석들

　바로 공동묘지 앞 사거리에 차가 밀려 잠시 차를 멈추고 서 있을 때면 고개를 돌려 공동묘지를 바라본다

　내가 그 비석들의 보았을 때 받는 느낌은

　절대로 두렵거나 무섭거나 으스스한 느낌이 절대 아니다.

　유품을 대하는 정도의 느낌이고

　마치 죽은 어느 사람의 동상을 보면서 기억되는 정도의 느낌만이 든다.

　아마 그들도 그렇게 생각하기에 나도 그런 것이 아닐까?

　기독교 국가로서 죽음에 대한 생각을 터부시하지 않아서 그런 것이 아닐까?

　죽으면 오히려 더 좋은 천국에 간다는 생각에 죽은 자와 산 자의 차이를 크게 두지 않아서인가?

　어찌 되었든

산 자와 죽은 자가 자연스럽게 어울려 있는
듯한 공동묘지가 있는 동네의 모습은
  내가 미국에 처음 와서 느낀 신기하게 생각한
것 중 하나이다.

여자

고추 없이 태어나
친할머니 눈치에
고개 숙인 울 엄마

긴 머리 잘라내어
소주 먹고 담배 피우고
너와 내가 같음을 소리쳤건만

남편 앞에 고개 숙인
내 집 아닌 그 집 사람
그 집 사람

타인의 모습으로
그 여자 바라보며
그 여자 나 보며
다시 만난 우리

영이 엄마
순이 엄마
철이 엄마……

허상 위에서

지나온 세월
그리고
보내야 하는 세월
단지 바람에 흔들리는
허상의 그림자일 뿐인데

공중의 바람은
내 지나는
그림자 위에
상처를 남긴다

흔적도 없이 사라질
그것들 위에
모습도 없는 바람은
계속해서 생채기를 남긴다

3

가락을 따라

聖民 1

마음이 따뜻한 사람
달빛이 알 거다

걸어가는 길 밖이
별들의 강이기에

꽃들이 손을 흔드는
외길 위에서

외로운 손안에
붓 하나 펜 하나 들고

무뎌진 발걸음 옆에
하나씩 내려놓고

찬란한 달빛 받으며
푸른 길 걸어간다

聖民 3

아픔의 자리마다
피어나는 십자가 향기

파도가 빚어놓은
소금단지 속에 담아

사막 끝
빈 골짜기에
향기로이 붓는다

대지진 2

지진이 일어나니
우리 집 흔적 없고

쓰나미 덮쳐와서
식구들 쓸려가네

방사능 유출소식에
경계의 눈빛이

浮草

세상에서 떠올라
가슴을 가벼웁게

머리를 털어서
하늘을 집어넣고

물길에 흘러가리라
너도나도 사라지게

자식

밤새워 젖 먹이고
기저귀 갈아주고

이웃집 유리창이
성할 날 없더니만

엄마 키
훌쩍 넘어도
품속에 아기 같네

부부

1
내가 만든 인연이라
생각지 않는다

인연이 아닌 듯
고비를 넘길 때마다

하늘의 뜻이라는 것
분명히 깨닫는다.

2
상처 입은 손이라고
내 손이 아니겠는가

아픔을 느낄 때면
내 손임이 분명하니

두 손이 모두어져야
기도가 되는 것을

안개에는

안개의 신비함이
대지 위에 내려앉아

우리를 감싸 안고
심안 속 스며들어

영혼의 잔잔한 파문
일으키며 오른다

별을 안고

별빛 사이로
흐르는 노래 따라
강가에 스치는
별 바람 따라서
별들이 꿈을 품고서
흐르는 강가에 가자.

강물 위 하늘 꽃
파란 꿈 되어
빛나는 그곳에
내 마음 풀어놓고
별 하나 가슴에 안고
강가를 거닐어 보자.

가을 잔치

울긋불긋 멍석 위

바람이 피리 불면

새들이 노래하고

낙엽이 춤을 추는

나무들의 꽃 잔치

봄 햇살

반짝반짝 봄 햇살

동글동글 퍼져서

풀잎 위에 쌓이며

마알갛게 흐르다

꽃망울에 앉는다

바위

나무와 친구 되니
풀꽃들이 뽐내네

숲 속 한가운데
평안히 누워본다

별들을 세는 네 모습
부러울 것 없어라

촛불이 춤을 춥니다

촛불이 춤을 춥니다

이리저리로 날아갈 것 같지만
까아만 초심지 꼭 붙잡고
살랑살랑 춤을 춥니다

가끔은 실낱같은 검은 연기로
허공을 휘감으며
나풀나풀 춤을 춥니다

바람도 멈추어진
내 작은 책상 위에서
산들산들 춤을 춥니다

파아란 꿈으로 꽃받침하고
따스한 열기로
한들한들 춤을 춥니다

마음속까지
사랑의 빛을 전하며
너울너울 춤을 춥니다

4

새떼들의 가을 잔치

잠

하루의 불순물
밤새 걸러내니
새 하루 열리네

Sleep

Impurities of the day
Purify impurities overnight
It slides a new day

새떼들

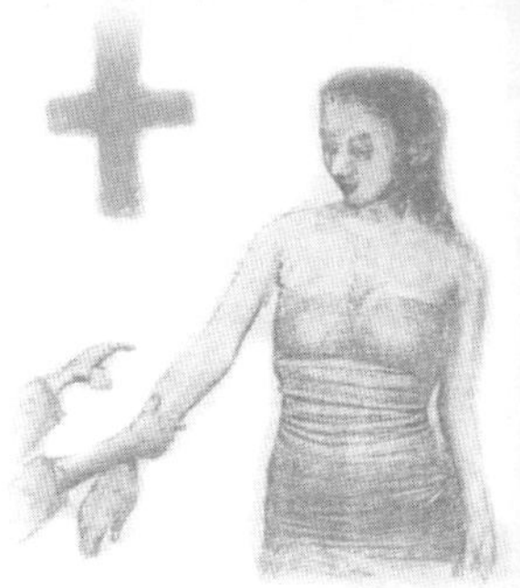

강남엔 가지 않고
처마 밑에 모여 앉아
무진장 시끄럽네

Hordes

Hesitate to go to Kangnam
Instead, they stopped in different area
They are freaking loud.

행복

겨울 속 따뜻한 집
차향기와 아름다운 시
이것이 행복이네

Happiness

Warm house in the middle of the winter
With tea aroma and beautiful poem
This is the true happiness

타국 땅에서의 설

음식상 차릴 생각
주머니 텅 빌 생각하던
설날이 그립구나

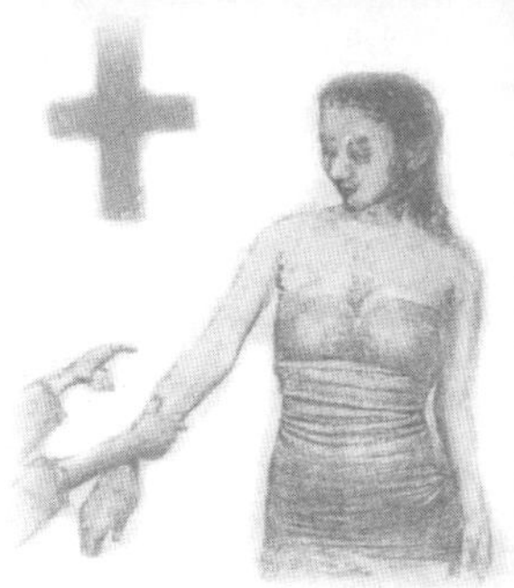

New Year in Foreign World

Devastated to set for dinner
Thinking about emptying pocket
I missed New Year's in motherland.

하루

하늘이 밝아온다
오늘하루 이야기
어떻게 쓸 것인가

The Day

Bright sun lights come in
How should I write
Today's story

맘

새들이 지저귄다
겨울도 상관없이
내 맘도 상관없이

My mind

Birds are making sounds
Regardless of winter and;
Regardless of my mind

세월

순간이 모여모여
하루가 되더니만
반백년을 훌쩍 넘었네

Years

Gathering pieces of moment
Becomes one day
Those one days passed half of century

대지진 1

지진이 일어나니
우리가 이룬 세상
맥없이 무너지네

Earthquake 1

When earth started to shake
Man land start to
Falling like nothing is important

세상

세상이 내게 말한다
네가 슬프면 나도 슬퍼지고
네가 행복하면 나도 행복하다

The World

The world whispers to me
"If you are sad"
"I sympathy your sadness"
"When you are happy"

"I also become happy"

벚꽃

겨울 이긴 나무 위로
봄의 꿈을 전하려고
하늘 꽃이 피어났다

Sakura

The tree overcomes winter
Blossoms sky' s flower
In order to deliver spring' s dream

겨울

투명한 파란하늘
반짝반짝 하얀눈
다가가니 넘 춥다

Winter

From pure blue sky
Sparkling white snowflakes
It's cold when I go near there

이상적 삶의 모습 또는
본원적인 생명력의 移入

전 규 태 (시인 · 문학평론가)

시를 평가한다고 할 때 곧잘 기대는 언어가 있다.
'형상'이라는 말이 그것이다. 이 속에는 언어 예술의 비
밀이 들어 있다고 해도 과언이 아니다. 그런 의미에서
형상이라는 단어는 예술이라는 밀교의 핵심 교리라고
도 할 수 있을 것이다.

그 형상이 적절한 형태를 이루면 모든 사상과 모든
체험은 아무리 하찮은 것이라 할지라도 이 시집에 자주
나오는 촛불이나 달빛처럼 고즈넉이 빛을 발한다. 그리
고 인간이 각자 지니고 있는 보편성의 깊은 힘줄을 건
드린다.

이런 의미에서 시집 「널 생각하면 왜 비가 내릴까」
를 가득 메우고 있는 박인혜 시인의 언어는 첫 시집과
는 달리 눈에 띄게 짧아졌다는 점을 우선 눈여겨볼 필
요가 있다.

‘시’라고 하는 양식은 무엇보다도 ‘작은 그릇’에 많은 알맹이를, 얕은 그릇에 깊은 알맹이를 담아내려다 보니까 자연이 그 알맹이 자체가 단단하게 농축된 것들이 곧잘 선택되거나, 그런 알맹이를 적절히 담아낼 수 있는 특별한 재치를 요구하게 되는 것이다.

하아얀 찔레꽃
하늘로 피어오르는
물안개에 가슴을 풀고

아래로만 아프게 흐르던 물결
별 그림자 위로
강물 소리

　　　　　— 「어두운 마음에」에서

높은 정신적 집중이 전제되어야만 하는 것이 시이기 때문에, 어둠 속에서 이를 모색하다보면 문득 물안개 피어오르듯 시상이 떠오르게 된다.
박인혜 시인의 시어에는 이런 즉자적인 회심과 십자가의 사이에 산적해 있는 세상의 처참한 문제들이 버무려져 있다고 본다.

젊은 날.
죽음의 문턱에서
하나님을 부르짖었던 주님의 종

죽는 날까지
그렇게 하나님을 부르짖으라고
죽음의 문턱에서
구해주시고 구원해 주셨습니다

〈중략〉

계속 손발을 그리고 온몸을 휘감고
고통을 주는 것도
종을 향한 하나님의 크신 사랑입니다

— 「주님의 종을 위한 노래」에서

앞서 말한 바와 같이 '시적인 사고'가 가지는 본질상
의 이유 때문에 예로부터 적지 않은 시인들은 자신의
작품 속에서 죽음이라든가 존재, 우주, 신 등의 형이상
학적인 여러 문제에 대한 인식을 직접적으로 수용해 왔
다. 박 시인도 「살아 있는 까닭」 등을 통해 이를 잘 형
상화하고 있다.
　박인혜 시인은 사적인 회심에 있어서도 산적해 있는
문제들이 신앙 속에서 고루 여과되고 있다.

내가 만든 인연이라
생각지 않는다

인연이 아닌 듯
고비를 넘길 때마다

하늘의 뜻이라는 것
분명히 깨닫는다

상처 입은 손이라고
내 손이 아니겠는가

아픔을 느낄 때면
내 손임이 분명하니

두 손이 모두어져야
기도가 되는 것을

—「부부」 전문

이 시조의 2연 종장의 표현처럼 진리의 언어는 순수
하고 감동적이다. 박 시인의 시어는 평이하고도 얼핏
서툴러 보이기도 하지만 곰곰이 음미해 보면 심장을 뚫
어내는 짜릿한 힘이 그 안에 있다.

무언의 말씀 쌓아올린
돌 성전 아래

파도도
손 모아
하아얀 기도

—「거룩한 기행」에서

「날마다 새벽기도」「어느 환자의 기도」 등 그의 시에는 기도의 시가 적잖은데, 자칫 신앙시란 비신앙인에겐 거부 반응이 나타나기 쉽지만 박 시인의 기도시는 다분히 경쟁적이고 배타적인 요소가 있는, 전술한 '형상'이라는 용어와는 차원이 다른, 어떤 보편적이고 매우 관용적인 생명 속에서 함께 어우러져 존재하고 있다. 그러므로 박 시인의 신앙시가 지니는 궁극적인 기치란 '이곳'의 '우리'가 평가하기 보다는 각자에게 각양각색의 달란트를 주신 그분께서만 평가하실 수 있는 것이 아닐까. 그리하여 여기서 무엇보다도 기본적으로 필요한 것은 박인혜 시인이 노리는 것은 앞으로 계속 연작하려고 하는 「聖民」에서 보여 주고 있듯이 '벌거벗은 것' 외에 아무 것도 가진 것이 없는 한 인간의 내장 깊은 곳에서 떨리는 울음으로 울려나오는 진실성과 고백성이 아닐까.

그리고 「우리 엄마」나 「봉안당」「자식」 등의 혈연관계의 작품 「작은 그리움들」「당신은」「촛불 사랑」「해후」 등에서 보여주듯 어버이에게 기대고픈 철없음과 절로 파고들어 절로 하나 되고픈 평온한 언어, 여기서부터 우리들의 은밀한 기도란 시작되는 것이 아닐까. 박 시인의 시조, 세줄시 속에도 그의 그런 '형상'의 근거는 숨어 있다.

박인혜 시인의 의식이 지향하는 내용은 다만 서술적인 진술에 그치지 않는다. 「남의 입장이 된다는 것」「미국의 공동묘지」「옛날의 금잔디」 같은 산문시에 가까운 작품에서도 보이듯이 그 나름의 메시지가 약여하다.

그리하여 이른바 '순수심장'에 가까워지는 모습이 보인
다.
　한편, 그는 다듬어진 시어를 절제하고 대상을 심상
화시키면서도 적절히 감정을 시 속에 불어넣음으로써
대상에 투영된 자아의 모습도 또한 잘 보여주고 있다.

　　기댈 것 없는 밤이 다가오니
　　내 마음 아파온다
　　잡으려고 해도 잡히지 않는 밤이다

　　어디다 눈을 두어야 하나
　　어디다 마음을 두어야 하나

　　밀물처럼 밀려오는 황망함의 물 더미가
　　썰물처럼 밀려 나가는 황량함의 빈 밤이
　　고통과 두려움으로 남는다

　　　　　　　　　—「빈 밤에」 전문

　이처럼 고뇌 속에 방황하면서도 박인혜 시인은 강이
나 바닷가 또는 산행 등을 통해 자연 그 자체 속에서
순수한 생명 세계를 심상화시키면서도 자칫 시 속에 개
입해서 자아를 배제시키고 객관화하여 스스로를 드러
내려 하고 있다. 이리하여 자연스레 동화되어 하나의
생명체로서 새로움을 꿈꾸며 그리움을 잉태시키고 있
다.

작은 그리움이 있다는 것은
마음의 텃밭에
작은 꽃씨 하나 남기는 것이다

〈중략〉

이른 봄에 홀로 핀 들꽃 한 송이가,
내가 날마다 걸었던 골목길 가로등이
작은 그리움으로 남겨질 수도 있다

바쁜 일, 바쁜 생각을 잠시 멈추게 하고
생각나는 그리고 그로 인해
잔잔한 평안히 밀려온다면
그것은 작은 그리움이다

— 「거룩한 기행」에서

이렇게 박 시인은 그의 '마음 한쪽 모퉁이'에 여유로운 텃밭을 만들어 그리움의 꽃씨를 정성스레 심어가고 있다.

이렇게 그는 자연을 순수한 심상으로 感情移入시키면서도 인간적인 감정의 직접 개입이라는 유혹에서 완전히 벗어나지 못한다. 하지만 그의 여러 시에서 발견되는 순수 심상은 그가 늘 마주치는 낯선 현실 저쪽의 자연과 그 자연의 본질적인 생명력 탐구의 한 단면이기도 하다.

시집 후기에 수록한 단형시 또한 토속적이고 동요적

인 분위기를 느끼게 하는 자연의 생명력이 숨어 있다.

　시 쓰기가 한 시대를 통과한 언어의 內化 현상이라고 할 때, 박인혜 시인에게는 그것이 표현에 드러나지 않게 다소곳이 내재해 있다. 어머님 품 속 같은 대자연, 달밤의 서정—박 시인은 이국 하늘 아래 고달픈 삶의 현상에서 오는 갖은 경험과 느낌을 편안하게 소화해 내는 언어의 연금술사다.

　참된 예술이란 정신적, 혹은 서정적인 면에만 한정되는 것이 아니라, 삶 전체와 끊으려야 끊을 수 없는 끈으로 엮어져야만 곱게 수를 놓아야 하는 것이다.

좋은 사람들과의
만남은

마음에
맑은 바람 불어와

꽃씨 하나
싹 틔우는 것이다

　　　　—「만남」 전문

언제까지나 사랑하고 싶다면
먼저 자신을 사랑할 수 있어야 합니다
그리고 나서
사랑을 받기보다는
사랑을 주어야 합니다

　　　　　　　　　　　— 「사랑에 대하여」에서

　위의 두 시는 박인혜 시인의 따뜻한 인간관계를 엿
보게 하는 구절이다. 그의 남을 배려하는 마음, 늘 베
풀고 주고 싶은 마음, 이런 심상은 어쩌면 그가 간호사
시절부터 体化된 속성인지도 모른다. 그는 삶의 공간
도처에 정으로 곱게 수를 놓으며 한결같이 연면히 살아
나가고 있다. 다정하고 눈물 많은 그의 시에는 사랑과
감사의 念으로 가득하다. 이는 아픈 삶을 사랑하고 이
를 진솔하게 체험하는 데서 비롯된다.
　시란 시인의 창조적 의지에 의해 창출된 하나의 유
기적 생명체다. 그런 유기적 생명체를 문학인식의 주요
내용으로 삼는 형식주의자들은 시를 하나의 자율적 총
체로 보고 시 그 자체의 구조적 완결성을 강조하려고만
든다.
　하지만 시를 그 창조적 주체로부터 분리함으로써 시
가 지니고 있는 인간적인 무게를 자칫 소홀히 하려고
드는데 문제가 있다.
　이번에 상자된 박인혜 시인의 두 번째 시집인 「널
생각할 때면 왜 비가 내릴까」은 그가 모처럼 모국에 잠
시 들린 김에 짬을 내어 좀 서두른 탓으로 비록 미처
정제하지 못한 소홀함도 있지만, 그가 살고 있는 타향
과 모국에의 그리움이 깊숙이 스며든 작품들로 엮어졌
다. 그의 보편적 만남은 시인 자신의 생명적 근원과의
조우라는 점에 주목하게 된다.
　이 시집을 통해 박인혜 시인이 추구하는 세계가 무

엇이며, 그 세계의 넓이와 깊이가 어떠한가, 그래서 그것이 그의 보편적인 삶과 어떠한 관계를 맺고 있는 것인가를 조용히 음미하며 살펴보아야 한다.

박인혜 시인이 현실 저쪽의 세계를 통해 인간의 본원적 생명 세계 위에 스스로 설정해 놓은 것은 자연, 또는 모성으로서의 회귀가 아닐까. 얼핏 이는 현실 도피적으로 느낄 수도 있지만, 결코 그렇지만은 않다고 본다. 그보다는 박 시인이 설정한 현실 속에다 스스로 모색하며 본원적인 생명력을 이입한 것이라고 볼 수 있다. 이는 도피가 아닌 영원을 추구하는 신앙 시인으로서 마땅히 해야 할 작업인 것이다.

박인혜 시인의 이 같은 시적인 작업을 내 나름대로 해석한다면 자기 존재에 대한 물음과 이를 통해 얻어지는 이상적 삶의 모습이거나, 또는 이상 세계에 대한 그리움, 향수 그리고 자연에의 본원적 추구로 집약할 수 있다.

그렇기 때문에 박인혜 시인의 작품은 한낱 개별적 의의를 가진다기보다는 기독교 정신과 관련된 맥락으로서의 의의를 지닌다고 보아야 하겠다.

시지시시선 31

널 생각하면 왜 비가 내릴까

초 판 발 행 2012년 1월 20일

지 은 이 박인혜
펴 낸 곳 시지시

등   록 제2002-8호(2002.2.22)
주   소 ⑨410-905 고양시 일산동구 장항2동 749.
            코오롱레이크폴리스Ⅱ A동 419호
전   화 050-555-22222 / 070-7653-5222
팩   스 (031)812-5121
이 메 일 sijis@naver.com

값 8,000원

ISBN 978-89-91029-40-8 03810